기획의 말

그리운 마음일 때 'I Miss You'라고 하는 것은 '내게서 당신이 빠져 있기(miss) 때문에 나는 충분한 존재가 될 수 없다'는 뜻이라는 게 소설가 쓰시마 유코의 아름다운 해석이다. 현재의 세계에는 틀림없이 결여가 있어서 우리는 언제나 무언가를 그리워한다. 한때 우리를 벅차게 했으나 이제는 읽을 수 없게 된 옛날의 시집을 되살리는 작업 또한 그 그리움의 일이다. 어떤 시집이 빠져 있는 한, 우리의 시는 충분해질 수 없다.

더 나아가 옛 시집을 복간하는 일은 한국 시문학사의 역동성이 드러나는 장을 여는 일이 될 수도 있다. 하나의 새로운 예술작품이 창조될 때 일어나는 일은 과거에 있었던 모든 예술작품에도 동시에 일어난다는 것이 시인 엘리엇의 오래된 말이다. 과거가 이룩해놓은 질서는 현재의 성취에 영향받아 다시 배치된다는 것이다. 우리는 현재의 빛에 의지해 어떤 과거를 선택할 것인가. 그렇게 시사(詩史)는 되돌아보며 전진한다.

이 일들을 문학동네는 이미 한 적이 있다. 1996년 11월 황동규, 마종기, 강은교의 청년기 시집들을 복간하며 '포에지 2000' 시리즈가 시작됐다. "생이 덧없고 힘겨울 때 이따금 가슴으로 암송했던 시들, 이미 절판되어 오래된 명성으로만 만날 수 있었던 시들, 동시대를 대표하는 시인들의 젊은 날의 아름다운 연가(戀歌)가 여기 되살아납니다." 당시로서는 드물고 귀했던 그 일을 우리는 이제 다시 시작해보려 한다.

기획의 말

그리운 마음일 때 'I Miss You'라고 하는 것은 '내게서 당신이 빠져 있기(miss) 때문에 나는 충분한 존재가 될 수 없다'는 뜻이라는 게 소설가 쓰시마 유코의 아름다운 해석이다. 현재의 세계에는 틀림없이 결여가 있어서 우리는 언제나 무언가를 그리워한다. 한때 우리를 벅차게 했으나 이제는 읽을 수 없게 된 옛날의 시집을 되살리는 작업 또한 그 그리움의 일이다. 어떤 시집이 빠져 있는 한, 우리의 시는 충분해질 수 없다.

더 나아가 옛 시집을 복간하는 일은 한국 시문학사의 역동성이 드러나는 장을 여는 일이 될 수도 있다. 하나의 새로운 예술작품이 창조될 때 일어나는 일은 과거에 있었던 모든 예술작품에도 동시에 일어난다는 것이 시인 엘리엇의 오래된 말이다. 과거가 이룩해놓은 질서는 현재의 성취에 영향받아 다시 배치된다는 것이다. 우리는 현재의 빛에 의지해 어떤 과거를 선택할 것인가. 그렇게 시사(詩史)는 되돌아보며 전진한다.

이 일들을 문학동네는 이미 한 적이 있다. 1996년 11월 황동규, 마종기, 강은교의 첫번째 시집들을 복간하며 '포에지 2000' 시리즈가 시작됐다. "생이 빛났고 힘겨울 때 이따금 가슴으로 암송했던 시들, 이미 절판되어 오래된 명성으로만 만날 수 있었던 시들, 동시대를 대표하는 시인들의 젊은 날의 아름다운 연가(戀歌)가 여기 되살아납니다." 당시로서는 드물고 귀했던 그 일을 우리는 이제 다시 시작해보려 한다.

비는 수직으로 서서 죽는다

문학동네포에지 072

허만하 시집

비는
수직으로
서서
죽는다

시인의 말

K에게 드리는 편지

길을 떠나기 앞서 하루가 다르게 맑아지고 있는 햇살을 바라보며 다시 한번 편지를 띄웁니다.

시의 순결이 사라지고 있는 이 무잡한 시대에 시집 없는 시인으로 남는 것이 아름다운 선택이라는 생각도 해보았습니다만 작품 자신이 만들어내는 독자를 만나보고 싶기도 했습니다. 그것이 가난한 나의 시를 엄격히 다지는 길이란 생각에 이른 것입니다.

요즘도 책을 읽고 습작을 하고 있습니다. 언제나 싱싱한 에스프리를 지닌 신인으로 있고 싶습니다. 방울벌레 소리가 맑은 것은 오랫동안 듣는 사람이 없었기 때문이란 말이 있습니다. 갑자기 이 말이 왜 떠오르는지 나도 모르겠습니다.

어제 나들이길에서 영남 알프스 먼산이 일렁이는 것을 보았습니다. 예민한 감수성은 벌써 첫눈의 예감에 설레기 시작한 것입니다.

우리가 함께 지냈던 시간은 언제나 짧았습니다. 감은사 터 쌍탑이 있는 풍경, 어깨에 쌓이던 찰스강 기슭의 함박눈. 당신이 글을 쓴다는 것은 신에 대한 응답이라고 말했을 때 나는 작품이란 제기된 적이 없는 질문에 대한 대답이라고 화답했습니다.

이 못난 시집의 탄생을 자기 일처럼 반기며 도와준 두 젊은 시인을 걸음이 계실 때 소개하고 싶습니다.

1999년 가을

허만하

차례

4부

5부

6부

1부

지층

연대기란 원래 없는 것이다. 짓밟히고 만 고유한 목숨의 꿈이 있었을 따름이다. 수직으로 잘린 산자락이 속살처럼 드러낸 지층을 바라보며 그런 생각을 했다. 총 저수면적 7.83평방킬로미터의 시퍼런 깊이에 잠긴 마을과 들녘은 보이지 않았으나 묻힌 야산 위 키 큰 한 그루 미루나무 가지 끝이 가을 햇살처럼 눈부신 소리를 지르고 있었다. 사라져라, 사라져라, 흔적도 없이 정갈하게 사라져라. 시간의 기슭을 걷고 있는 나그네여. 애절한 목소리는 차오르는 수위에 묻혀가고 있었다.

바위의 적의

길은 산자락을 따라 시내처럼 흐르고 있었다. 벼랑은 잘린 언덕 줄기의 속살이었다. 통곡의 벽을 바라보듯 나는 벼랑 앞에 섰다. 흑표범의 눈처럼 나를 노려보고 있는 지층. 바위는 조용히 기억하고 있었다. 쓰러지는 양치식물의 숲. 아우성치는 맘모스의 마지막 울음소리. 쌓인 시간의 무게 밑에서 목숨은 진한 원유로 일렁이고 있었다. 갑자기 나는 바위의 적의를 느꼈다. 바위는 기다리고 있다, 인류의 멸망을. 찢어진 바위틈에서 갈맷빛 물이 솟구쳐 바다가 되고 부스러진 스스로의 피부에서 다시 풀밭이 일어서서 눈부신 고함 소리를 지르며 연둣빛 바람을 흔드는 부활의 순간을.

틈

틈을 주무른다. 애절한 눈빛으로 서로를 더듬는 알몸의 포옹이 만드는 캄캄한 틈. 멀어져가고 있는 지구의 쓸쓸한 등이 거느리고 있는 짙은 그늘. 진화론과 상호부조론 사이를 철벅거리며 건너는 순록 무리의 예니세이강. 설원에 쓰러지는 노을. 겨울나무 잔가지 끝 언저리. 푸근하고도 썰렁한 낙타 빛 하늘 언저리. 안개와 하늘의 틈.

지층 속에서 원유처럼 일렁이고 있는 쓰러진 나자식물 시체들의 해맑은 고함 소리. 바위의 단단한 틈. 뼈와 살의 틈. 영혼과 육신의 틈. 빵과 꿈 사이의 아득한 틈. 낯선 도시에서 마시는 우울한 원두 빛 향내와 정액 빛 밀크 사이의 틈. 외로운 액체를 젓는 스푼.

존재는 틈이다. 손이 쑥쑥 들어가는 적막한 틈이다.

깃털의 관(冠)

한 마리 들소의
둔중한 발자국 소리가
서로 앞을 다투며
수백 수천 맹목의 땅울림이 되어
쓰러지듯
알몸의 물은
수없는 몸부림이 되면서
심연 속으로 빨려들고 있었다.

그러나 그날
끊임없이 무너지고 있던 것은
물의 부피가 아니라
한 아메리카 인디언 부족의
물처럼 투명한 이름이었다.

내가 보았던 것은 그날
자욱한 흙먼지와
광대뼈가 튀어나온
역광의 한 얼굴과
그리고 깃털의 관
멸망의 깃발을 하늘 높이 쳐들며
조용히 쓰러지던
고독한 정신의 높은 수위였다.

1979년 5월 13일
나는 새벽에 까마귀를 보고
낮에 사라진 세네카족의 터전에서
김밥을 먹고
나이아가라 마을을 휩쓸던
민들레의 누런 불길을 보았다.

투우

갈댓잎같이 휘청거리는 칼을 들고 함성이 물이랑 치고 있는 콜로세움 안으로 들어섰다. 등에 이미 서너 개의 창이 꽂힌 소의 피부는 흘러내리는 선지피와 범벅이 되어 이상하게 빛나고 있다. 고개를 흔들며 땅을 긁던 소가 갑자기 동작을 멈추고 한 덩어리 검은 속도가 되어 달려오기 일순 전 나는 이미 쓰러져 있었다. 이마에 흔들리는 칼이 꽂힌 채 노을에 젖어 쓰러져 있는 물체는 주홍과 은백색 투우복을 입고 갈대 끝처럼 떠는 칼을 들고 서 있던 나였다.

시간의 한 부분이 앞서 있는 것은 무서운 일이다. 내 시간이 은박지처럼 구겨져 있었던 것이다.

사하라에서 띄우는 최후의 엽서

목이 탄다
나는 사막의 일몰을 마신다
피 흘리는 지평선
주삿빛, 보랏빛으로 일렁이던 추억의 바다
이자벨! 수고 많았다. 고향의 어머니에게도 안녕
잘라낸 오른쪽 다리뼈 암종은 내 팔에도 번졌단다
하싯슈로도 지워지지 않는 모진 아픔
나는 한 마리 야수처럼 소리질러 운다
아픔은 슬픔처럼 내 몸의 일부다
나는 모래 위에서 배암처럼 뒹군다
보고 싶다 초록의 평원이
눈송이처럼 지던 꽃잎이
나의 풍경에 이데올로기는 없다
모래언덕처럼 무너지는 나의 감수성
화약처럼 터지는 나의 언어
나는 불타는 언어로 내 두 눈을 태웠다
절망의 끝이 이렇게도 평화로운 것인지
감은 눈시울로 슬픔을 보기 위하여
나는 은하처럼 사막의 밤하늘에 눕는다

강은 사막에서 죽는다

빗방울이 모이는 곳에는 취락이 있다. 젖꼭지를 애에게 물린 여인이 물동이를 이고 어정거리는 골목길. 뱀 같은 끈으로 허리를 동여맨 흰옷의 여인이 맨발로 야생의 열매를 따는 마을.

모인 빗방울은 곤륜산맥 산자락에서 한동안 새파란 여울을 이루다가 몇 갈래 물줄기를 모아 곧 지하로 모습을 감추어 줄곧 지하로 굽이치다가 타클라마칸사막에 이르러 갑자기 모래 위에 눈부신 알몸을 드러내는 니야강. 푸른 너울.

이곳에서 취락은 벌써 모래바람의 유적이다. 역사의 슬픈 발자국을 남긴 흐름은 망설임을 버리고 다시 모래바람 쪽으로 방향을 잡는다.

바다에 이르지 못하고 사막에서 사라지는 강. 나는 니야강의 최후를 지도 위에 남긴다. 반짝이는 섬세한 명주실오라기 같은 복류(伏流)의 흔적을 가장 가는 호수의 펜으로 그려넣는다. 사라지는 강의 물빛. 최후의 물빛.

타클라마칸사막. 이곳에서는 무너진 흙벽돌 무더기가 사람보다 먼저 있었다. 모래는 다시 지평선을 묻어버린다.

모래언덕에 서 있는 역광의 사나이. 이름 없는 한 흉노족의 후예여.

말 위의 그는 턱으로 가리킨다. 밤하늘에 드러누운 은하의 흐름을. 그때부터 강은 나의 내부를 가로질러 흐르는 것이 되었다. 화성에도 강의 흔적이 남아 있는 것을 보면 그것을 알 수 있다.

잔열의 마을

마을에는 인기척이 없었고 소리도 없었다. 색채도 없었다. 개도 없었고 바람도 없었다. 오직 눈부신 빛의 흡수와 짙은 그 음영만이 흩어져 있는 빈 마을을, 이따금 출토하는 목간(木簡)의 잔열처럼 건조한 마을을 나는 황폐한 게릴라처럼 들어서고 있었다. 누가 없소! 누가 없소! 절망과 같은 고요를 향하여 거의 갈증처럼 고함을 질렀으나…… 나의 인후는 토담처럼 부스러질 따름이었다. 그때 내가 잡고 있었던 것은 분명히 한 자루 총의 싸늘한 무게였지만 나의 탄환은 피로하였다. 나의 질문은 납의 침묵처럼 피로하였다. 누가 없소! 누가 없소!

아, 누란, 스스로를 모래에 묻은 실크로드의 누란과 같은.

카이로 일기

모래언덕같이 무너진 왕조

나일의 하구는 몇 번이나 뒤를 돌아보고

밤의 바다는

흰 거품을 내뿜고 있다

모래바람에 묻힌 사랑

사구는 별이 만드는 길을 따라

밤새 자리를 옮긴다

카이로

도시의 이름 위에도

누우런 잔모래가 쌓여 있다

그 여인의 허벅지는

유적이었다

코네티컷강

코네티컷강 기슭에서 한겨울을 지냈다. 코네티컷이란 인디언어로 길고도 물살이 센 강이란 뜻이나 지금 미국의 한 주 이름으로 화석처럼 남아 있다. 며칠 밤 쿵쿵 벌목하는 소리가 들린 다음 아파트 창 너머로 유빙 덩어리가 흐르는 것이 보이기 시작했다. 베개맡까지 찾아오던 그 땅울림은 얼음이 갈라지는 소리였다. 캐나다까지 뻗은 애팔래치아산맥의 끝을 걷어 남으로 흘러 버몬트, 뉴햄프셔, 매사추세츠 뉴잉글랜드 몇 개 주의 도시와 마을을 기슭에 거느린 채 롱아일랜드만에 하구를 여는 코네티컷강의 봄은 그렇게 시작하는 것이었다.

지하의 초록빛 얼음이 연둣빛 안개같이 하늘에 녹아들려고 나뭇가지 끝까지 올라가던 것이 보이던 어느 날, 나는 강기슭에서 두보를 만났다. 1200년 동안 그의 육체는 투명하게 삭아 한 편의 오언시로 변해 있었다. 그는 국파산하재(國破山河在) 성춘초목심(城春草木深)이라고 하며 춘망(春望)이란 제목이 어떠냐는 목소리로 변해 있었다. 위주(潭州)에서 악주(岳州)에 이르는 상강(湘江)의 배 위에서 눈을 감은 시인. 언젠가는 흙먼지가 되겠지요. 당신의 시도 고비사막의 흙먼지처럼 바람에 흩날리는 것이 되겠지요. 황하도 사막이 되겠지요. 초록빛 목소리는 풍화하여 헤매는 호수처럼 사막에 떠돌아다니다가 속절없이 잠적한다. 나는 그렇게 대답했던 것 같다. 웨더스필드의 나루가 열리고 배에 차를 싣고 비옥한 글래스턴베리의 농지 쪽으로 강을 건넜던 것은 다음해 한여름의 일이었다. 야마세 교수와의 약속이 이루어지는 날이었다. 여름의 강은 의젓한 품격을 갖추고 시퍼런 한 마리 용처럼 굽이치고 있었다. 신은 곡선을 만들고 사람은 직선을 만든다. 코네티컷강은 아직도 그와의 우정처럼 내 몸을 휘감고 흐르고 있다. 코네티컷. 원주민 피코토족이 남긴 언어의 야생의 향기.

프라하 일기

비가 빛나기 위하여 포도가 있다. 미로처럼 이어지는 돌의 포도. 원수의 뒷모습처럼 빛나는 비. 나의 발자국도 비에 젖는다.

나의 쓸쓸함은 카를교 난간에 기대고 만다. 아득한 수면을 본다. 저무는 흐름 위에 몸을 던지는 비, 비는 수직으로 서서 죽는다. 물안개 같다. 카프카의 불안과 외로움이 잠들어 있는 유대인 묘지에는 가보지 않았다. 이마 밑에서 기이하게 빛나는 눈빛은 마이즈르 거리 그의 생가 벽면에서 보았다.

돌의 길. 돌의 벽. 돌의 음악 같은 프라하 성. 릴케의 고향 프라하. "비는 고독과 같은 것이다."

엷은 여수처럼 번지는 안개에 잠기는 다리목에서 창녀풍의 늙은 그림자가 속삭인다.

"돌의 무릎을 베고 주무세요. 바람에 밀리는 비가 되세요."

중세기 순례자의 푸른 방울 소리처럼 그녀의 목소리는 따라온다.

"그리고 당신이 돌의 풍경이 되세요."

젖은 포도처럼 은은하게 빛나는 은빛 기교와
비에 젖는 지도의 일기.
프라하 칼프펜 거리는 해거름부터 비였다.

조지호(湖)에서

타이콘데로거 요새에서
나는 바람의 행방을 생각했다.
어릴 때 내가 불었던
민들레 씨앗들의 행방
초록빛 물이랑처럼 가지를 일렁이는
바람의 행방
그러나 그들이 사라지는 것은 수수께끼라 했다.
Red painted people이라는 쓸쓸한 이름과
돌활촉과 돌도끼들을 꽃처럼 남기고
홀연히 사라져버린 한 종족
황홀한 실체는 언제나
보이지 않는다.
22번 도로로 접어들면서
나는 바람에 칠할 빛깔을 생각했다.

물질의 꿈

갈맷빛 수평선 위에 날개를 펴고 있는
흰 범선처럼
나는 물위에 떠 있는
슬픈 살이다.

지구 표면의 70퍼센트 이상은
군청색 물에 덮여 있다
나의 80퍼센트 이상은 투명한 물이다

이오니아 바다의 눈부신 반짝임을
바라보는 탈레스의 눈빛.

그러나 나의 혼에는 수분이 없다
뜨거운 바람과 잔모래만이 어울고 있는
최후의 사막에 누워 있는
미라의 움푹한 눈을 보라.

하이델베르크 무너진 고성 입구에서
장밋빛 화환을 잡고 있는
풍화한 돌의 천사를 만났다

천사의 날개가 흘러내릴 것 같은
불안에 뒤척이던 밤의 몸을 휘감고
네카강 녹두 빛 수량은

나의 내부를 흘렀지만
나의 혼에는 여전히 수분이 없다

속눈썹 사이에서 물은
보석처럼 잠시 반짝이지만
너를 떠나보내는
나의 혼에는 수분이 없다.

에메랄드빛 동해 물빛을 바라보면서
나는 단정했다
나의 실체는 물이 아니라
그리움이다.

시간의 손길이 닿은 적 없는
반짝이는 잎사귀도 시들지 않는
춤추는 불꽃도 꺼질 줄 모르는
함박눈처럼 눈부신 어둠이 자욱한
고향에 대한
아득한 그리움.

나의 그리움은
호수 위의 물안개처럼
갈앉는 가을같이 자욱이
나의 내부에 서리어 있다

성운과 성운 사이를 헤엄치고 있는
나의 그리움

쓸쓸한 물질의 꿈.

이별

자작나무숲을 지나자 사람이 사라진 빈 마을이 나타났다. 강은 이 마을에서 잠시 방향을 잃는다. 강물에 비치는 길손의 물빛 향수. 행방을 잃은 여자의 음영만이 짙어가고

파스테르나크의 가죽 장화가 밟았던 눈길. 그는 언제나 뒷모습의 초상화다. 멀어져가는 그의 등에서 무너지는 눈사태의 눈부심. 눈보라가 그치고 모처럼 쏟아지는 햇살마저 하늘의 높이에서 폭포처럼 얼어 있다.

우랄의 산줄기를 바라보는 평원에서 물기에 젖은 관능도 마지막 포옹도 국경도 썰렁한 겨울 풍경의 한 부분에 불과하다.

선지피를 흘리는 혁명도 평원을 건너는 늙은 바람도 끝없는 자작나무숲에 지나지 않는다. 시베리아의 광야에서는 지도도 말을 잃어버린다. 아득한 언저리뿐이다.

평원에서
있다는 것은 사라지고 있다는 것이다.

다시
그는 뒷모습이다.
휘어진 눈길의 끝

엷은 썰매 소리 같은 회한의 이력
아득한 숲의 저편.

풍경을 거절하는
나도
쓸쓸한 지평선이 되어버리는.

2부

이름 없는 절터에서

눈부신 햇살을 싸락눈처럼 퉁기는 서라벌의 지질, 역사의 지평선 저편에서 서라벌의 농부가 삽질을 하고 있다. 살이 찐 봄의 흙. 논두렁길 돌무더기 속에 섞여 있는 기와 조각 한 토막. 아득히 페르시아에서 천산산맥 기슭을 돌아 실크로드를 달려온 페가수스의 말굽 소리가 들린다. 장안(長安)의 거리에서 바라봤던 창녀의 허리 밑처럼 육감적인 허리. 날개를 판 와공(瓦工)의 날카로운 칼끝이 복숭아 꽃빛 연상을 지우고 만다. 그는 다시 남천에서 몸을 씻고 어금니를 깨문다.

나그네는 하늘을 쳐다본다. 빈 구름이 천천히 밀리고 있다. 순례의 기념으로 와당 조각을 주머니에 넣는다. 서라벌 터전에 서면 나그네도 절터의 메타포에 불과하다. 도읍을 건넌 바람도 절터가 되고 만다. 바람은 추령고개를 넘어 아득히 먼 동해의 물마루 위에 쓰러지고. 나그네의 외로움이 잡목림 가지 끝처럼 다시 풋풋한 연둣빛 안개가 되는 이맘때 역광의 선도산 위에 걸려 있는 핏빛 구름.

장유의 수채화

들길은 산에 머플러처럼 걸려 있다. 김해 장유에서 진해에 이르는 폐도(廢道)

엷은 한 장의 물빛 바람이 또다른 투명한 한 장의 바람과 겹쳐져서 길을 따라 물살처럼 흐르고 바람은 들길처럼 비탈지기도 하고 낭떠러지처럼 낙차를 보이기도 한다. 5만 분의 1 지도가 그리는 등고선의 부드러운 물살.

5월에 나의 형용사는 연둣빛 바람이 되고 만다. 멸망한 왕조 가야의 들녘을 건너는 바람. 왕후의 아직도 여린 감성이 만졌던 바람. 길손은 가을 어느 날 이는 엷은 물빛 바람을 미리 보는 것일까. 어미는 외로운 문헌을 뒤지고 있을 딸들 이야기를 하며 역광처럼 서 있었다. 우리는 어느덧 여울처럼 북미 대륙의 협곡을 또 그리움처럼 평원을 흐르는 것이 되고, 바람은 내 가슴의 지도 위에 물빛처럼 번진다. 아 유타 나라에 대한 연둣빛 그리움처럼.

이가리(二加里) 뒷길

닭장 곁에서 맨드라미꽃이 까만 씨앗을 품고 있는 정오. 비닐 대야 밑바닥에는 지친 면 러닝셔츠 두 벌 구정물처럼 구겨져 있었다.

눈부신 햇살이
그물처럼 널려 있는 바닷가
초록빛 갯내가
기진한 나팔꽃 덩굴처럼
돌담에 붙어 있을 뿐

꿈에서 본 적이 있는
바로 그 빈 마을이었다.

산의 숨결은 흐르고

이름 없는 야생의 대상에 처음으로 이름을 지어주고 아이들 이름처럼 뜨겁게 불러보던 원시의 시인으로 되돌아갔던 것은 우리가 미학적 거리를 사이에 두고 태백의 연봉을 바라보았을 때였다. 그것은 일어서서 달리는 허구의 산이 아니라 소리 없이 흐르는 음악이었다. 눈부신 바다의 물빛을 찾아 유라시아 대륙에서 숨차게 달려온 반도의 산줄기는 강원도 도경을 지나자 해맑은 선율이 되는 것을 우리는 보았다. 보랏빛 나팔꽃 덩굴이 사택의 담벼락을 휘감던 태백산 산자락 여름날 아침 금빛 노래를 부르던 아이들 목소리처럼 무구한 리듬.

부드럽게 너울지는 앞의 능선을 뒤의 능선이 떠받치고 다시 뒤의 능선이 앞의 능선을 배경처럼 떠받치는 사랑의 모습 같은 겹겹 산이랑의 체위. 산은 높이가 아니다. 겹치는 높낮이의 절묘한 조화를 볼 수 있는 지점은 하나뿐이다. 바라보는 시선의 높이에 따라 다른 전설을 들려주는 먼 도경의 산. 지면보다 약간 높은 고도를 올라섰을 때 동해의 물빛은 갈맷빛 깊이가 되고 끝없는 모래사장에 부서지는 햇살은 싱싱한 눈부심이 되고 솔밭을 건너는 물빛 바람 소리는 투명한 선도가 되고 다시 한데 얼려 목마른 가슴속을 물소리처럼 흐르는 교감이 되고.

월송정 높이를 올라섰던 것이 아니라 우리는 거룩한 가족처럼 어깨에 흰 날개를 달고 부력처럼 지면에서 떠올랐다. 그날의 투명한 햇살에 각인된 우리는 결의처럼 영원의 길 위에 선다. 알프스의 산자락에 있을지라도 록키산맥의 산그늘에 있을지라도 부산이란 지명의 기슭에 제마다 있을지라도 우리는 끝내 알고 만다. 뜨겁게 불러보던 이름처럼 함께 보았던 지상의 풍경 속에서 우리가 다시 하나가 되고 마는 것을.

슬픈 적설량

캄캄한 하늘의 깊이에서 눈의 눈부신 몸부림은 태어난다. 덧없는 생애를 예감한 눈송이의 흰 몸짓은 내리자마자 부드럽게 죽는다. 스스로의 최후를 덮기 위하여 다시 내리는 슬픈 적설량 위에서 아편처럼 잠드는 미시령 밤의 눈.

사실 몸부림치는 것은 눈송이가 아니라 탁 탁 건조한 소리를 퉁기며 누우렇게 타오르는 장작 불꽃이다. 지상의 검은 아궁이. 마구간 흐트러진 지푸라기에 묻은 눈송이보다 정결한 피. 밤바다처럼 치열하게 물이랑 치는 여인의 두 어깨. 여인의 팔이 장작처럼 타고 있다.

대구선

1

지랄이라도 하듯
절정에 도달한, 아아 바로 그 숨가쁜 몸트림같이
다리를 꼬고 있는 목질의 숲!

봄의 과수원.

대구지선은 강을 끼고 달린다.

2

지금 지구는 소생하고 있다.
전혀 새로운 시간에
차창 너머로 아, 꼭 은의 바람같이 물이랑 져 들어온다.
꼭 한 마리 당황한 흰나비같이
능금꽃 이파리가
내 반도의 무릎 위에 몸을 던진다.
황톳빛 아세아적 생산양식으로.

여름풀 노래

사람의 피를 마시고 자란
키가 큰 창연 빛 여름풀들,
녹슨 철조망을 위하여
산하는 있다.

155마일의 심연
바람 한 점 없이 모진
여름의 일모(日暮)를 위하여 가을은 있다.

달이라도 사무치게 밝은 날이면
북으로, 또 남으로
마음의 중천을 끝없이 날으는
한 많은 기러기의 행렬을 위하여
반도의 밤하늘은 있다.

보름달은 초가삼간을 위하여 있다.

땅은 억새풀을 위하여 있고, 철조망은 사랑하는 땅 위에 있다.

무한 공간에서 낙하해온 한 마리 찌르레기.
벽은 그 새의 마지막 울음소리를 내고 있다.
벌판은 그 새의 울음소리같이 뜨거운 여름풀을 위하여 울고 있다.

벽은 창의 자유를 위하여 있다.
벽은 심연에 몸을 던지는
우랄알타이어의
육성을 위하여 있다.

사람의 피를 마시고 자란
심연 빛으로 물든 원시의 풀밭,
여름풀이 싱싱한 것은
끊임없이 손을 흔들고 있기 때문이다.

극동의 어느 슬픈 민족의
침묵과 같이 진한
여름풀의 뜨거운, 뜨거운 몸부림을 위하여
산하는 있다.

신현의 쑥

거제도 신현 산비탈에 남아 있는
부서지다 만 앙상한 콘크리트 구조물
담벽과 마른풀 틈새에
몇 포기 쑥이 자라고 있다.
새로 피어난 어린 잎사귀에 묻어 있는
젖빛 솜털의 눈부심
목숨의 정갈한 부드러움
문짝 떨어진 창구멍을 드나드는
바람에 쑥 냄새 같은 옅은 화약내가 묻어 있다.
빈 포로수용소 콘크리트의 적막한 그늘.

한려수도 물이랑 위에 부서지는
김수영의 옆얼굴
가시 철조망 너머로 그가 바라보던
해맑은 갈맷빛 일렁임의 자유.

국경을 사이에 둔
시의 안과 바깥.

여윈 앞가슴으로 미친 역사와 맞서던
쇳물같이 뜨거운 언어
풀잎같이 부드러운 언어
쑥같이 되살아나는 모진 언어

판문점 포로송환위원회 앞에
폭포처럼 수직으로 선 알몸의 시.

포도송이 같은 눈망울
날카로운 눈빛으로
바라본
가시넝쿨 바깥의 아득한 노을

긴
긴
기다림.

낙동강 하구에서

바다에 이르러
강은 이름을 잃어버린다.
강과 바다 사이에서
흐름은 잠시 머뭇거린다.

그때 강은 슬프게도 아름다운
연한 초록빛 물이 된다.

물결 틈으로
잠시 모습을 비쳤다 사라지는
섭섭함 같은 빛깔.
적멸의 아름다움.

미지에 대한 두려움과
커다란 긍정 사이에서
서걱이는 갈숲에 떨어지는
가을 햇살처럼
강의 최후는
부드럽고 해맑고 침착하다.

두려워 말라, 흐름이여
너는 어머니 품에 돌아가리니
일곱 가지 슬픔의 어머니.

죽음을 매개로 한 조용한 전신(轉身).
강은 바다의 일부가 되어
비로소 자기를 완성한다.

3부

새

1

형용사에 슬픈 연둣빛이 묻는 초여름이었지만 중후한 그의 사투리에는 바람에 흩날리는 북녘의 눈발이 자욱하였다 아득한 물마루에서 이랑져오는 어스름은 파도처럼 해안선을 씻고 있었다 플로리다 반도의 데이토나 비치 바람은 들길처럼 비탈지기도 하고 억새풀 들녘에서 쓰러지기도 한다 바람은 외롭다 바람은 사랑처럼 아프다 아프다(거리에 어둠의 안개가 깔리기 시작하던 서울까지 그는 평양에서 18일을 걸었다고 했다)

2

사람에게 비상의 충동이 있기 때문에 하늘에 새가 있다는 것은 바슐라르의 언표다 우랄알타이의 누런 바람이 휘몰아치는 극동의 한반도에서 고향에 대한 그리움으로 사무치는 그리움으로 스스로 한 마리 새가 되어 무한 공간의 저편으로 잠적하는 비상을 나는 보았다

눈부신 시인 박남수

바람은 1994년 가을 길손의 손때 밴 지도를 떠나 투명한 하늘이 되었다 돌아오지 않는 길손 그렇다. 그의 시는 끝내 무릎을 꿇지 않았다.

길

—박수근의 그림

잎 진 겨울나무 가지 끝을 부는 회초리 바람 소리 아득하고 어머니는 언제나 나무와 함께 있다. 울부짖는 고난의 길 위에 있다. 흰 수건으로 머리를 두르고 한 아이를 업은 어머니가 다른 아이 손을 잡고 여덟팔자걸음을 걷고 있는 아득하고 먼 길. 길 끝은 잘 보이지 않았으나 어머니는 언제나 머리 위에 광주리를 이고, 또는 지친 빨랫거리를 담은 대야를 이고 바람 소리 휘몰아치는 길 위에 있다. 일과 인내가 삶 자체였던 어머니. 짐이 몸의 일부가 되어버린 어머니. 손이 모자라는 어머니는 허리 흔들림으로 균형을 잡으며 걸었다. 아득하고 끝이 없는 어머니의 길. 저무는 길 너머로 사라져가는 어머니. 길의 끝에서 길의 일부가 되어버린 어머니. 하학길 담벼락에 붙어 서서 따뜻한 햇살을 쪼이던 내 눈시울 위에 환하게 떠오르던 어머니. 어머니, 나의 눈시울은 어머니를 담은 바다가 됩니다. 어머니의 바다는 나의 바다를 안고도 흘러넘칩니다. 어머니 들립니다. 어디까지 와았나. 임정리 아직 멀었나. 어디까지 와았나. 골목 끝에 부는 바람 소리. 나는 한 마리 매미처럼 어머니 등에 붙어 있었지요. 어머니 저는 어머니가 걸었던 바람 부는 길을 이젤처럼 둘러메고 양구를 떠났습니다. 나는 겨레의 향내가 되고 싶습니다. 가야 토기의 살갗같이 우울한 듯 안으로 밝고 비바람에 시달린 바위의 살결같이 거칠고도 푸근한 어머니의 손등을 그리고 말 것입니다. 어머니가 끓이시던 시래깃국 맛을 그리겠습니다. 어머니, 나를 잡아끌던 어머니의 손이 탯줄인 것을 나는 압니다. 잎 진 가지 끝에 바람이 부는 겨울 그립습니다.

하늘

1

썰렁한 겨울 하늘에
매가 한 마리 떠 있다.

매는 몸의 무게를
바람에 얹으면서
쓸쓸한 평형을 지키고 있다.

하늘의 높이에서 매는
내가 본 적이 없는 먼 풍경을
보고 있다.

장대로 휘저어도
휘저어도
닿지 않는 하늘.

2

빈 하늘에서
피 묻은 비둘기 날개가
떨어진다.

한 알의 사과는
울먹이는 노을만한 무게로
떨어진다.

눈송이는 애무같이
희박하게
희박하게 떨어진다.

떨어지는 모든 질량을 위하여
하늘은 높이를 가지고 있다.

이름 없는 슬픔을 위하여
뺨을 타고 흐르는
높이가 필요하다.

그러나 천사가
하늘에서 떨어지기 위해서는
하나의 캄캄한
절망이 필요하다.

한 시인의 데스마스크

늦가을 투명한 바람 위에
탱자 빛 색종이 조각을
수없이 뿌리던

먼 들녘 논둑에
쓸쓸한 눈부심처럼 서 있는
한 그루 미루나무 밑을
수만 톤의 지하수가 흐르고 있다.

무너지기 직전의 눈사태 같은
위기의 눈은 그것을 본다.

그것을 본 시인이 죽었다.

나의 목소리를 땅에 눕히지 말라
죽음은 땅에 쉴 수 없다

눈부신
벼랑의 높이에서 떨어지던
수직의 목소리

한 시인이 죽었다.

감은 그의 눈시울에서

여름풀처럼 잔잔히 타오르는 초록빛
강렬한 빛보다 먼저
시에 대한 절망을 보아버린
싱싱한 그 언어

광속으로 멀어져가는
우주의 변두리에서
봄바다처럼 빛나고 있는
한 그루 미루나무 밑을 흐르는
수만 톤 지하수

그 눈부심 같은 침묵을
그는 잠자고 있다.

최후의 포옹처럼 집요하게
펜의 쓸쓸한 무게를 잡았던
바른손으로
가슴 위에서 자기의 왼손을 잡고

눈부신 이마처럼
조용히 잠자고 있다.

데스마스크

바다 위에서 눈은
부드럽게 죽는다.

죽음을 덮으며
눈은 내리지만

눈은 다시
부드럽게 죽는다.

부드럽게 감겨 있는
눈시울의 바다.

얼굴 위에 쌓인
눈의 무게는
보지 못하지만

그의 내면에는
눈이 내리고 있다.

내면의 바다

그 시인은 "나의 눈망울 뒤에는 바다가 있다 나는 그 바다를 다 울어버리지 않으면 안 된다"고 했었지 이제사 나는 깨닫는다 사람은 아무도 자기의 바다를 다 울지 못하고 만다는 사실을 엠덴 해연의 갈맷빛 깊이. 슬픔의 깊이를 견디고 있는 하늘의 높이가 비친 바다의 물이랑 신록의 푸른 불꽃처럼 타는 그리움 마지막처럼 잔잔히 불러보는 그리운 이름 이름. 그리움은 물빛이 아니다 뜨거운 이마 가뭄에 갈라진 논밭처럼 튼 입술 그리움은 몸살이다 그리움은 슬픔처럼 아프다 아프다 부풀어오르는 바다가 마지막 그리움처럼 넘친다. 눈시울 안에 쌓인 지난 겨울 함박눈의 추억. 캄캄한 밤의 부드러운 벼랑을 흘러내리는 바다의 물빛. 봄 여름 가을 겨울의 바다. 사람은 고유한 자기의 바다를 가지고 이승의 슬픈 눈시울을 감는다

독

입술과 입술이 만드는 캄캄한 운하
그 은밀한 물길을 따라
미량의 독을 지닌 액체가
돛배처럼 왕래한다
바람에 헐떡이는 겨울나무 가지 끝 숨소리에
동란의 해 여름 바다의 눈부신 갯내가 묻어 있다
알몸은 말이 되기 이전의 의미를 담고 있는
벙어리의 눈으로 서로를 바라보며
한 시대의 종말처럼 몸부림쳤다
극약을 가슴에 품고
피란 도시에서 우리는
헤매는 쓸쓸한 암호에 불과했다
광복동에서 본 한 송이 글라디올러스에
갑작스러운 현기증을 느낀 시인
Rien, Rien.
이국의 수도에서 이승을 하직한
한 시인이
마지막으로 잡은 것은
가슴 위에서 잡은 자기의 다른 편 손에 불과했다.
붕대로 묶인 두 손으로 안고 있었던
『독』이란 미간 시집의 제목.
Rien, Rien.

드라이 마티니

말을 탄 청동의 장군이
아직도 북쪽의 하늘을 노리고 있는 마을
다운타운에서는
흑인의 사투리가 안개처럼
어슬렁거리는 마을
제임스강의 불빛이
포의 상상력처럼 번뜩이는 마을
봄을 머금은 바람이
아득한 지평처럼 쓰러지는 마을
그는 늙어가는 도시에
발자국을 남기지 않았다.
그는 낯선 도시의 뒷골목에서
마티니의 얼음빛을 사랑했다.
올리브의 열매 같은 한 알의
포말을 사랑했다.
캄캄한 하늘에
네온의 불빛이 피곤하게 걸려 있는
현학적인 거리에서
그는 스스로의 소멸을 사랑했다.
꿈의 시체 위에 다시 쓰러지는
투명한 꿈의 투신
빙하의 등을 흥건히 적시는
마지막 노을의 기억 같은 것을
조용히 그는 독처럼 마셨다.

낙타는 10리 밖에서도

길이 끝나는 데서
산이 시작한다고 그 등산가는 말했다
길이 끝나는 데서
사막이 시작한다고 랭보는 말했다
그것을 증명이라도 하듯
구겨진 지도처럼
로슈 지방의 푸른 언덕에 대한
향수를 주머니에 꽂은 채
목발을 짚고 하라르의 모래 바다 위를
걷다가, 걷다가 쓰러지는 시인
모래는 상처처럼 쓰리다
시인은 걷기 위하여 걷는다
낙타를 타고 다시 길을 떠난다
마르세유의 바다는
아프리카의 오지까지 따라온다
눈부신 사구. 목마름, 목마름
영혼도 건조하다
원주민은 쓰레기처럼 상아를 버린다
상아가 되어서라도 살고 싶다
바람은
미래 쪽에서 불어온다

낙타는 10리 밖에서도
물 냄새를 맡는다

맑은 영혼은 기어서라도 길 끝에 이르고
그 길 끝에서
다시 스스로의 길을 만든다
지도의 한 부분으로 사라진다

시의 등

가랑잎 한 잎 지는 데도 온 우주가 필요하다. 나는 다시 계속된다. 먼 섬나라에 사는 사람의 죽음이 나의 일부를 죽인다. 생맥줏집 머그잔의 싱싱한 부딪침에서 되살아나는 존 던의 영혼. 무섭고도 아름다운 물빛. 시의 등어리를 본다. 태양에 비친 지구의 그림자가 끝 간 데를 보는 눈. 말이 거느리는 캄캄한 배후. 눈부시다. 별의 해안선을 씻는 푸른 물이랑이 사라진 뒤 눈은 다시 초여름 숲처럼 타오르는 연둣빛 불꽃이 된다. 돌이 된 달의 분화구에 꿈의 검은 물을 붓고 숲속의 새처럼 들뜨고. 말은 다시 눈먼 어둠으로 되살아난다.

섬

그의 외로움은
낙엽처럼 흩날리는
바다새 흰 날개 소리에 가리어
보이지 않았다

푸른 절벽으로
스스로를 지키려 멈추어 선 섬

감은 두 눈으로
아득한 물마루 끝에서
바다처럼 쓰러지는 여름을 보고
갈맷빛 물이랑 위에 흐르는 눈부신 가을을 보고

자결처럼
듣기를 거절해버린
귀의 침묵

바다의 벽에 걸린
데스마스크
알몸의 섬

루드비히 폰 베토벤

장미의 가시. 언어의 가시

하나의 이미지를 잉태하기 위하여
그는 수많은 풍경을 학살한다

보기 위하여
송곳으로 한쪽 눈을 찌른 최북의 살의가 낳은
혁명처럼 고요한 산수
멀어버린 눈의 내면에서
일렁이는 캄캄한 바다

보기 위하여
눈동자를 지워버린
모딜리아니의 눈.

그의 눈이 보는 것은
피 흘리는 침묵이다

시인의 언어는 기대지 않는다
그의 언어는 수직으로 선다
중천에 얼어 있는 눈부신 햇살처럼.

외로움의 절벽으로 스스로를 지키는
섬.

폭발하는 여울처럼 부서지는 갈채를

두 눈으로 들었던
루드비히 폰 베토벤

시인은 전율한다
벙어리 소녀의 눈빛에 잠겨 있는
호수의 무한한 깊이를 바라보고.

시인을 찌른 것은 장미의 가시가 아니라
언어의 가시다
그의 언어는 짓밟힌다, 꿈에 시달린다, 앓는다,
그의 눈은 앓는 언어다
그는 앓는 언어로 본다

타오르는 장미의 진한 향내를
쓸쓸한 존재의 원근법을

과거의 지평선에 떠오르는
미래의 아침노을을
진흙의 눈은 본다.

무희

캐스터네츠를 치며 발을 내미는
두 팔을 쳐들고
풍화한 언덕을 흔드는

허리의 쓰러지는
불꽃의 헝겊.

스페인 무희가 서 있는 것은
스스로의 둘레를
초겨울 하늘빛으로 돌고 있는
고독한 원심력이 되는
그때만이다.

스스로 허무를 굴대로
무너지는 스스로를 가누고 있는
삭막한 바람의 모습이 되는
그때만이다.

화가의 죽음

침엽수림처럼 고요한 수평의 체위. 그러나 죽음은 위도의 차이였다. 역사의 그늘이 깊게 묻어 있는 위도. 물위에 다시 물이 쓰러지고 바람 뒤에 다시 바람이 쓰러지는 항구. 그의 눈시울 뒤에 숨은 검은 포도송이의 바다. 오렌지처럼 물든 그의 눈이 바라본 마지막 바다의 눈부심.

가시 철조망 위를 나는 새의 깃 소리처럼, 한 시대의 부드러운 독처럼 번지는 황달. 노을이 걸린 쓸쓸한 지구의 변두리에서 그의 몸은 진흙처럼 썩었다. 누런 보리밭의 일렁임 같은 간.

소주보다도 적막한 지명. 주문처럼 외우던 지명 위에 어린 날에 본 만큼 눈이 내리고. 눈에 덮인 그 지명에 그는 가지 못한다.

창(創) 자에 대하여

옥편을 뒤지면
비롯할 창이다.
옥편 풀이와는 달리
창(創) 자에는 상처란 뜻도 있다.
창상(創傷)이란 의학 용어로도 쓰인다.
창조와 상처가
한 글자 안에 동거하고 있다.
창조하는 정신은 언제나 상처 입는다.
한자는 그것을 알고 있다.

날개를 다친 새는
더 멀리 날기 위하여
다시 어둠의 벼랑을 탄다.
휘몰아치던 비바람이 그친 다음날
섬의 벼랑 아래 떨어져 있는
수많은 바다새의 흰 주검들을 보라.

고흐의 해바라기가 내뿜는 불꽃의
눈부신 암흑을 보라.

기원전 십수 세기
은나라 유적에서 발굴되는
뼈에 새겨진 최초의 기호가
태어날 때의 아픔을

글자는 아직 기억하고 있다.

창조하는 정신은 언제나
피를 흘린다.

4부

오베르의 들녘

—고흐의 눈 1

언어의 그리움은
섬처럼 외롭다.
언어는 침묵을 그리워한다.
밤의 몸부림처럼 일어서지만
쓰러지고 있는
보리의 이랑
저무는 들녘
서러움의 안개처럼
얼굴을 적시는 노을 날개를 달고
들녘 끝으로
새처럼 멀어져가는
외로움.

*

새가 나는 것은
하늘에 투명한 바람이 있어서가
아니다.
새가 나는 것은
두 날개가 있어서가 아니다.
난다—는
말이 있기 때문에
새는
날고 만다.

우주 공간의 저편까지
새는
날기 위하여
날고 있다.

잔설

—고흐의 눈 2

지하 75미터
막장에 이르러
석탄이 머금고 있는
검은빛
아름다움을 보았다.

절망하는 영혼의 밤바다를
비치는
동해안 간절갑 등대의
강렬한 섬광.

15초 간격으로
모습을 드러냈다 사라지는
검은 물이랑의
캄캄한 되풀이

언제까지 계속되는 겁니까.
얼어붙은 잉크로 쓰는 애절한 갈맷빛 편지
언제까지 계속되는 겁니까

벨기에 남부 탄광촌
보리나즈
낯선 지명 위에
함박눈처럼 쌓이는

탄가루의 슬픈 무게.

장성(長省)
그 아련한 이름 위에
운모처럼 반짝이는
희끗희끗 녹다 남은 눈.

황지마을 변두리
흰 메밀밭에 내리던
눈부신 달빛.

쓸쓸한 포옹

—고흐의 눈 3

내가 포옹하고 있는 것은 너의 밤이다. 내가 핥고 있는 것은 피 흘리는 밤의 상처다. 풀내 자욱한 숲을 더듬는다. 겨울비에 젖고 있는 하아그 거리 오렌지빛 흐린 가로등처럼 떨고 있던 슬픔의 모티프.

치렁치렁한 너의 머리칼을 흘러내리는 내 손의 눈사태. 새벽에 너는 서걱이는 갈밭같이 내 옆에 누워 있다. 서낙동 강 하구 둔치도 같다. 두 팔에 캄캄한 얼굴을 묻고 쭈그리고 있는 크리스틴. 얼비치는 알몸의 슬픔. 목덜미 아래로 흐르는 눈부신 겨울의 등.

갈숲 너머 번뜩이는 추운 물빛.

한 켤레 구두

—고흐의 눈 4

끈을 풀어놓았다.

낡은 한 켤레 구두가 가지는 안식. 툰데르트, 브뤼셀, 누엔넨, 안트베르펜 수많은 도시와 이름 없는 풍경을 밟았던 초행길. 별의 해안선을 걸었던 발자국. 기억조차 아득한 것이 되어버린 어둠. 고독과 고뇌의 이젤을 메고 헤매었던 긴 편력의 끝. 제단 위에 펼쳐진 손때 묻은 성경같이 엄숙한 적막.

한 켤레 낡은 구두의 조용한 가사(假死). 숨소리도 들릴 듯하다. 밤의 깊이에서 이따금 몸을 뒤척이며 꿈꾸는 길. 아직 밟아보지 못한 길. 검은 불꽃의 삼목나무와 소용돌이치는 별과 달이 비치는 밤길도 흰 강물같이 떠오른다. 구두에서 이는 물빛 바람도 보인다. 도버해협의 가을빛. 한계령 겨울눈.

사랑하는 테오, 안녕! 절망을 찾아 다시 떠나야겠다. 고추잠자리는 아침 태양 최초의 빛으로 날개를 편다. 최후의 전신(轉身)을 위하여 나는 다시 길 위에 서련다. 진눈깨비 자욱한 2월의 파리에서. 안녕! 테오.

낡은 구두 한 켤레를 아직 버리지 못하고 있다. 발병 전, 미국 하트포드에서 산 스페인제 야외화. 정이 들었다. 밑창이 닳아버린 누런 구두의 쓸쓸한 무게. 부드러운 가죽을 구겨보기도 한다.

길. 서걱이는 억새풀 군락 너머로 사라지는 아득한 들길의 저편. 시민들의 싱싱한 발자국을 느끼기 시작하는 아침의 포도. 다시 걷고 싶다.

복사나무 한 그루
— 고흐의 눈 5

이 산비탈과 저 골짝 사이 산벚꽃 피는 시간이 한 열흘 쯤 차가 나지요. 열흘이란 시간의 팽팽한 긴장을 보지 못하고 지나는 차의 속도.

연둣빛 부드러운 일렁임 가운데 외롭게 더러는 무더기로 서서 두 팔을 쳐들고 온몸으로 지르는 산벚나무 고함 소리가 보인다. 운문사 가는 길. 몸을 틀며 지르는 해맑은 고함 소리.

풀리는 물소리 이편과 저편. 꽃기운이 건너는 데 걸리는 열흘. 그 열흘의 산자락을 바라보며 기지개를 편다. 사물의 윤곽이 환한 햇살이 되어 부서지는 4월, 하늘은 흩날리는 꽃잎으로 가득하다. 눈부신 설렘.

아름의 연지빛 복사나무 한 그루. 내 가슴에 쌓이는 낭자한 낙화.

발화점

—고흐의 눈 6

벽에 걸어둔 보릿짚모자가 먼저 타올랐다. 춤추는 불꽃. 발화점부터 먼저 사라진다. 먼저 쓰러진 불꽃을 지우고 다시 일어서는 새로운 불꽃. 죽음을 모르는 불꽃의 몸부림.

아를의 눈부신 햇살. 해바라기밭이 내뿜는 순금빛 방사능에 코피를 흘리며 나는 쓰러졌다.

나는 사나흘 영산홍 빛 아름다운 몸살을 앓았다.

삼목나무가 있는 길
—고흐의 눈 7

쓸쓸한 강물처럼 굽이치는 흰 강물 줄기 위를 구르는 마차 발굽 소리가 보인다. 소용돌이치는 별과 달의 언저리.

솜과자같이 밤하늘에 떠 있는 천체의 어지러움. 아득한 성운의 원심력은 짙은 쪽빛이다. 죽음을 배어 검은 촛불처럼 타오르는 삼목나무의 신성한 일렁임.

꿈속에서 걸었던 길을 돌아가는 두 농부의 노래에 묻어 있는 누런 더위도 보인다. 풀벌레 소리도 들리지 않는 밤길의 끝. 녹색 과자로 만든 집에 켜진 오렌지빛 먼 등불.

미완의 자화상
—고흐의 눈 8

내가 색채를 짓이기는 것이 아니라 팔레트가 일렁이는 빛깔을 낳는다. 난다는 말이 있기 때문에 새가 하늘을 나는 것처럼 나는 그리기 위하여 그린다. 화필은 내 손의 일부다. 나의 눈은 폭약이다.

나를 보고 있는 나를 보고 있다. 나는 내 것이 아닌 모든 것을 겨울나무처럼 벗어던지고 알몸으로 서 있다. 괴로움만이 내 것이다. 나와 나 사이의 아득한 거리. 거울 속에서.

숲이 거꾸로 서 있는 호수와 물안개에 홀리어 찾아온 오베르 쉬르 오와즈. 땅에 두루 돌아 여기저기 다녀왔나이다. 한여름 보리밭 열기가 묻어버린 왼편 옆구리 권총 소리가 펼치는 짙은 갈맷빛 하늘. 스스로 자기를 지우는 풍경은 조용히 피를 흘린다. 피 흘리는 그리움. 나의 모국어. 체 헨 칸 간(집에 갈 수 있다). 나의 눈시울에는 고향의 풀이 자랄 것이다. 그립다, 준데르트의 먼 빛. 어머니가 빨아 널던 흰 시트처럼 굴참나무 울타리에 널려 있는 먼 바람 소리도 보인다. 나의 향수는 과격하다. 바람은 언제나 미래 쪽에서 불어온다.

하나의 색채를 낳기 위해서 세계는 밤처럼 떨고 있다. 한 마리 새가 둥지에 돌아가기 위해서는 별과 별 사이 캄캄한 거리를 날지 않으면 안 된다. 그 아득한 어둠을 위기의 천사처럼 날지 않으면 안 된다.

고흐의 풍경

숨을 거둘 때까지
꿈을 비웃으라,
피가 흐르는
나의 배경에서는
까마귀가 날고 있다.

유황처럼 끓고 있는
보리밭 위를
검은 덩어리들이
낮게 낮게 날고 있다.

한 마리의 새가
날기 위해서도
하늘은 바다처럼
일렁이어야 하고

언어는 피 흘리며
보리밭처럼 끓지 않으면
안 된다.

격렬한 일몰에
나의 두 눈은
불타버리지 않으면
안 된다.

몸부림치는
누런 보리밭 위를
이 숨막히는 쓸쓸함 위를
까마귀떼들이 낮게 낮게 날고 있다.

5부

기하학 연습장

1. 문

교회당 내부에는 손때 밴 나무문이 하나 있다. 성가대 아이들이 중세의 문이라 수군거리는 문이다. 그 문 안에 들어서면 꼭 같은 형태의 문이 있다. 그 문 안에 다시 문이 기다리고 있다. 안으로 들어갈수록 문의 크기는 조금씩 작아지기는 하나 계속 같은 모양의 문이 나타났다. 문 안에 다시 문이 나타나고 첫번째 문에서 점점 멀어져가던 문은 드디어 작은 점이 되어 사라지고 말았다.

벽면의 문은 마주선 두 거울에 비친 자기를 보고 있었다. 문은 심심했다. 수녀들이 한 줄로 줄을 서서 지나가고 있었다.

2. 길이와 높이

하늘까지 자란 완두콩 넝쿨을 타고 오르다가 떨어진 사람을 본 적이 있다. 그는 타이트 스타킹을 입고 있었다. 날개가 붙어 있었던 자리를 겨드랑 둘레에 흔적처럼 가지고 있었다.

땅 위에서 만든 무한한 시간의 길이를 사다리처럼 세워도 영원에 이르지 못하고 쓰러진다. 영원은 시간과 다르다. 땅 위의 시간은 사슴처럼 점프를 해도 천상의 뜨락에 이르지 못하고 떨어지고 만다.

굴참나무숲에 깔려 있는 도토리를 보라.

진흙에 대하여 1

나의 꿈은
시꺼먼 진흙이다
보석의 눈부신 빛깔이 아니라
석유의 황홀한 음모가 아니라
나의 꿈은
진흙의 내장이다
나의 꿈은
피를 흘리지 않는다
진흙같이 정결한
눈송이의 몸부림
나는 진흙이 된
그의 눈알을 생각했다
진흙처럼 캄캄한 구름 가운데서
눈송이의 눈부신
몸짓은 태어났다
진흙의 눈으로 바라본
저무는 먼 지평
바다의 표면에서
치열하게 눈송이는 죽어가고
그의 간은
꽃처럼 썩었지만
나의 꿈은
발바닥의 진흙이다
나의 꿈은

진흙의 순도다.

진흙에 대하여 2

『부란의 꽃』이란
성녀 리도비나에 대한 책 이름이다.
사후에 육체가 젊었을 때와 같은
싱싱함과 미모에 돌아간 성자
열두 명이 이 책자에
열기되어 있다.
이 이야기를 듣고 나는
여섯 모의 무구한 결정체로 되돌아간
진흙을 생각했다.
수없는 발에 짓밟힌 진흙.
진흙 가운데 숨어 있는 눈의 성분은
눈에 보이지 않는다
눈은 가식처럼 아름답지만
눈은 진흙의 부분에 불과하다
다시 스스로의 모습을
되찾을 수 없는
미련한 진흙 덩어리.
그날 신(神)이 밟았던 것은
눈의 더러움이 아니라
아득히 먼 나라의
낯선 거리 이름이었다.
우리는 우리의 모국어와
지배자의 언어, 두 가지 말을
함께 가지고 있다

그렇게 말하던 북유럽 소녀의 잔설 같은 미소,
나는 적막한 광야 같은 그 눈빛에
진흙과 눈을
함께 보았다.
카렐리아 지방 어느 벽촌의
얼어붙은 흙길 위에 쓰러지고 있는
연한 햇살.

진흙에 대하여 3

비가 내리는 날
물질은 죽음을 꿈꾼다
도시의 골목을
안개처럼 헤매는 적막함
흙모래는 용암처럼
천천히 이동한다
수없는 발자국에 짓밟힌
진흙의 농도
갈라진 황톳빛 산비탈
비에는
1억 년의 슬픔이 묻어 있다
눈에 덮인 킬리만자로의 산정에
한 마리 표범의 시체가 있는 것처럼
나의 가슴은
진흙으로 꽉 차 있다
진흙은 눈먼 기억에 불과하지만
진흙은 몸 전체로 운다
캄캄한 진흙의
목마름
진흙은 굴장(屈葬)처럼 땅에 눕는다
진흙은 배후처럼 윤곽이 없다
진흙은 손이 없다
죽음의 굴욕을 만져볼
손이 없다

나의 살은 한때
진흙이었다
죽음이란
다시 죽을 수 없는 것이 되어버리는
잔인한 전신

눈길

나의 꿈은 진흙이다
신과 악마가 함께 깃들여 있는
쓸쓸한 물질이다
나의 꿈은
진흙처럼 순결하다
적막한 천체 위에 쓰러지는
눈송이의 몸부림을
진흙은 그대로 간직하고 있다
나의 꿈은 언제나
밟히고 만다
밤하늘의 캄캄한 깊이에서
눈송이처럼 태어나는
나의 더러움.

토르소

나에게는 손이 없다.
사랑을 확인할 방편이 없다.
결여의 조형처럼
바라본다는 사실의 허무를
울고 있다.
나에게는 아름다움의
형식이 없다.
겨울 풀밭에서 타오르는
꿈을 앓으며
나는 성애의 물처럼 젖어 있다.
나는 도시를 적시는
겨울비의 적막을 안다.
피를 흘리던
새벽안개의 아픔을 안다.
아, 나도 한낱의 기능이
되고 싶다.
물이 다시 흐르는 것이 되고
불이 다시
뜨거운 것이 되기 위해서.

퇴래리의 토르소

—김해 국립박물관에서

나무가 사라진 겨울 숲같이 실체가 사라진 빈 형식으로 남아 있는 쓸쓸함. 김해 퇴래리 출토의 철제 판갑옷.

그가 이것으로 가렸던 것은 얇은 앞가슴이 아니라 궁극을 바라보던 그의 꿈이었다. 아득한 별자리에서 떨어지던 별빛을 바라보던 그의 시선 저편의 어둠.

쇠는 슬픈 적갈색 녹빛으로 썩어가고 있다. 가슴은 소멸의 자유를 꿈꾸고 있다. 낙동강 둔치에서 일렁이고 있는 야생의 억새풀같이 가야의 들녘을 건너는 아득한 바람 소리에 귀기울이고 있는 평퍼짐한 쇠의 가슴. 고독한 신에게 존재의 외로움을 따지듯 묻고 있는 토르소의 침묵. 외로움을 앓는 신은 어딘가에 있다.

먼 산이랑 위에 구름처럼 번지던 치자 빛 노을이 네 가슴과 가야의 산과 강을 네 혼의 빛깔처럼 물들이던 최후의 그날. 사과처럼 빛나던 네 빰을 흘러내리던 캄캄한 눈물의 이유를 사랑하라. 손발이 없는 몸통의 슬픔으로 사랑하라. 네 목숨의 외로운 조건을 뜨겁게 사랑하라. 너를 낳던 용광로의 순결한 불길처럼 사랑하라.

깡통 소묘

회의의 이빨에 할퀴이면서
어느 식민지의 사구에 추락한 기체같이
관념과 현실의 그 끝없는 해안선 위에
지체를 뻗고 있는 나의 변사체같이
누군가!
부드러운 아침 햇살을 눈부시게 반사하면서
어느덧 내 사상의 강변에서
부식해가고 있는 이 싸늘한 은빛 살갗은.
어느 이민족의 손으로 인해
어느 평화스러운 군항을 거쳐
내 손바닥 위에 주둔하게 되었을까.
이 바다를 건너온 원주형의 아메리카니즘은.
다시 무엇을 설득하려는가,
독사의 혓바닥같이 날름거리는 자모.
Coca Cola.

조약돌을 위한 데생

조약돌은 저마다 고유한 과거를 가지고 있다. 한때는 지구의 중심에서 불의 물로 끓었던 조약돌. 섬의 벼랑을 떠나 초록 물이랑에 떠밀려온 조약돌. 한때는 다비드의 주먹을 떠나 자욱한 눈물의 가스를 뚫고 하늘을 날았던 돌. 지금은 철문 옆 풀섶 또는 썰렁한 공장 빈터 잊힌 자리에서 후진국 저녁노을처럼 울먹이고 있다. 마른 갈밭을 건너는 바람처럼 떨고 있는 돌의 어깨는 누구도 보지 못하고 있다.

지리산을 위한 습작

물안개 자욱한 새벽 골짜기. 노루가 목마름을 달래고 있다. 산토끼 발자국은 마른 풀섶 서걱임이 덮어버린다. 야생수들은 저마다의 길을 가지고 있다. 다른 질서가 지배하는 세계. 피아골 계곡에서 황홀한 자살처럼 얼어 죽었다는 연소한 빨치산의 전설도 풍경의 한 부분이다. 그의 손이 최후로 잡은 것은 총이 아니라 비탈을 흐르는 맑은 물이었다. 엄동설한, 푸른 낙엽처럼 사라진 그의 꿈을 함박눈이 묻고 있다. 물푸레나무 거무스름한 잔가지 끝에서 역사는 아직도 목쉰 고함소리를 지르고 있다. 사상이 없는 풍경은 슬픔처럼 아름답다. 눈부시게 아름답다. 프란츠 슈베르트. 흰 눈은 달빛처럼 얼고 있다. 겨울의 음악, 지리산.

피라미를 위한 에스키스

앞을 다투며 서로 어깨를 밀치락거리던 운문사 계곡물도 해탈문쯤에 이르면 잔잔한 여유를 보이기 시작한다.

투명한 여울물 밑바닥에서 피라미가 가늘게 떨고 있다. 가냘픈 꼬리의 힘으로 세찬 흐름의 속도와 맞서서 가만히 움직이지 않고 있는 피라미. 물빛보다 짙은 청갈색 그림자 같다. 그것은 갑자기 은빛 번득임이 되었다가 때로는 곤두서서 돌바닥을 콩콩 찧기도 한다. 얼른거리는 물밑에서 혼신의 힘으로 여린 체위를 가누고 있다. 수면에 부서지는 물풀의 흔들림에 일제히 자취를 감추었다가 모래 연기가 갈앉으면 다시 제자리에 돌아와 꼬리를 흔들고 있는 몸짓만으로 있는 목숨. 피라미는 자기도 모르는 사이 흐름의 한 부분이 되어버렸다. 손바닥에 남아 있는 어릴 적 물비린내.

마른 멸치를 위한 에스키스

마른 멸치 내부에는 헐리고 있는 초가집 내부에서 보는 것 비슷한 뼈대가 있지만 그보다도 훨씬 더 정교한 흔적이 있다.

레오나르도 다 빈치의 인체 해부도보다 섬세한 구도로 멸치는 신체 내부의 힘의 배분과 균형 그리고 정확한 치수를 선박 설계도처럼 관리한 증거를 화석처럼 가지고 있다.

멸치의 빈 내강은 물을 치는 자세 부드러운 몸짓 그리고 은백색 선으로 반짝이는 바다 냄새를 슬픔처럼 담고 있지만 사람들은 그것을 보지 못한다. 그것은 난류 수역을 회유하던 멸치떼가 물장구를 치면서 살아 있는 물결처럼 산란을 위하여 밤의 내만으로 헤엄쳐 들어오는 달빛 같은 신비를 사람들이 보지 못하는 것과 같다.

바다에 대한 그리움으로 응고한 육질을 최후까지 떠받치고 있는 미세한 갈비뼈는 애처롭게 아름답다. 꿈처럼 쓸쓸한 좌절의 역사를 내장하고 있는 마른 멸치.

마른 멸치의 어린 뼈대를 보면 가을 바다 물빛처럼 슬퍼진다. 내가 응시하고 있었던 것은 마른 멸치가 아니라 순결한 감수성의 소유자가 몰살되어야 하는 바로 그 이유였던 것이 틀림없다.

안개를 위한 에스키스

안개는 자기가 정지해 있는 것으로 알고 있었으나 사실은 원시림 향내처럼 천천히 흐르고 있었다. 자국을 남기지 않는 점에서 빙하의 이동과는 구별된다. 안개 속에서 물체는 윤곽을 잃고 오랜만에 자기 자신의 그늘이 된다. 실체에 대한 집념을 버리고 저녁 어스름처럼 번지는 분위기가 된다.

안개 속에서 사람들은 형용사로 이야기한다. 요원들의 암호처럼 그것은 아름답다. 가령 A가 '쓸쓸한' 하면 B가 '부드러운'이라고 말한다. 이따금 섞이는 프랑스 말 비음 같은 우아한 어법으로 메시지를 교환한다. 물론 알타이어와는 전혀 다른 새로운 언어 체계다. 목적을 위하여 혹사된 언어는 이제 피로하다. 반란하는 언어는 물푸레나무 향 같은, 들길 연둣빛 쑥내 같은, 의미와 은유를 떠난 새로운 시스템이다.

안개는 진눈깨비에 이어질지 아니면 해맑은 초겨울 날씨에 이어질지는 안개 자신도 모른다. 간단없이 형태를 버리는 데 열중하고 있을 따름이다. 시인은 짙은 안개에 가린 자작나무숲을 부는 바람처럼 망명의 길을 떠나야 한다. 안개는 끊임없이 자기의 모습을 버리는 길 위에 있다.

솔방울을 위한 에스키스

흩어진 솔방울의 자리는 거의 눈에 띄지 않지만 이슬에 젖은 차돌처럼 쓸쓸하게 빛나고 있다. 솔방울은 이따금 남은 날을 헤아리는 나이든 어머니가 배후에 거느리는 어스름 같은 윤곽을 가지고 있다. 가을에 빛나는 햇과일을 부러워하지 않는다. 솔방울은 보랏빛 암꽃 씨방의 형태로 싱그러운 바람에 뜨는 누런 송홧가루를 애타게 기다리던 수정 이전의 가슴 설레던 잠복을 아직도 잊지 못하고 있다.

바람도 없이 부식토의 두께 위에 떨어진 솔방울은 자기가 종의 번식을 위한 적막한 도구였다는 사실을 슬퍼한 적이 없다. 오히려 어수룩한 갈색의 무표정 속에 자기 소임을 다한 긍지를 숨기고 있다.

시장 들머리에 앉아 산나물을 팔고 있는 흰 수건 두른 할머니의 얼굴처럼 밑바닥에 잔잔히 빛나는 깊이를 가지고 있다.

6부

뇌출혈

나의 피는 고대의 바다다
소용돌이치던 태양이 머리를 감던 바다
은빛 지느러미처럼 눈부신 바다
갈맷빛 물이랑을
나는 몸안에 가지고 있다
아무도 본 사람이 없는
알몸의 바다
아직 햇빛이 들지 못했던 맥관 속을
붉은 고깔모자를 쓴 요정들이 달리는
바다의 물

그날 나는 바닷물을 엎질렀다
눈물처럼 짭짤한
캄캄한 바닷물.

원형의 꿈

이사를 돕는다고 서둘다가
불편한 왼쪽 겨드랑에 끼었던
위스키 병을 떨어뜨리고 말았다.

그 순간 나는 보았다.

고함소리가 되어 뛰어오른
갈색의 액체가
스코틀랜드 급한 경사를 흐르는
눈부신 낙차가 되고
히스의 군락을 흔드는
황량한 토탄 냄새로 휘발하는 것을.

코발트빛 먼바다의 일부가 되어
길을 잃어버린 강이
다시 하구를 찾아 분수령 쪽으로 흐르는 것이 되고

얼음에 갇힌 매머드가 코를 쳐들어 은빛 고함을 지르며 시베리아 풀밭을 걷고

낭자하게 흩날리던 매화 꽃잎이 하늘을 뛰어올라 겨울나무 가지 끝에 소녀 젖꼭지만한 봉우리로 여무는 것을.

*

적의 몸에 구멍을 뚫은 총알의 속도는 돌아가라.
어깨에 멘 탄창으로 돌아가라.

돌아가라, 내 밤의 눈시울에 떨어지는 별빛이여 돌아가라
돌아가서 소용돌이치며 펄펄 끓는 가스의 춤이 되어
캄캄하게 눈멀어라
지구가 태어나기 전에 길 떠난 광년의 성운으로 돌아가라.
캄캄한 암흑으로 눈멀어라.

우주의 목마름

그때도 목마름은 있었다
목적 없이 둘러본 의령읍에서
그것을 보았다.

중생대 백악기의
빗자국 화석

속살을 드러낸
신라통(統) 사력암
빗방울 터가 담고 있는
은빛 빗소리
눈부시다.

지각의 황홀한 붕괴에 깔린
파르스름한 빗방울의
외로움.

1억 3천만 년
캄캄한 함묵에 갇혔던
격렬한 목마름.

부드러움으로
허무의 윤곽을 각인하는
빗방울의 화석.

잠 못 이루는 밤
눈물자국 같다
슬픈 빰의 벼랑.

LA공항에서 문득 돌아본
딸의 두 눈에 으렁으렁 어리던 물기
10년 넘는 세월의 물이랑
저편.

겨울에 눈에 갇힌 사슴 발자국이
보인다는
정곡 못미처 굽이치는
진등재를 넘을 때

차창 너머 물이랑 져 들어오던
아카시아 흰 향내를
진한 목마름처럼 마셨다.

환한 나들이.

백목련

온 시가가
꽃향내에 취하여
황홀한 코피를 흘리던 그날
투명한 바람에
무슨 빛깔을 칠할까
나는 생각했다.
그것으로 나는
하나의 봄을 청산했다고
생각했다.

나는 끝없이 펼쳐진
민들레밭을 만났다.
그 신선한 황색은
내 정신의 기슭에 밀려드는
파도 소리 같았다.

하나의 목숨이 만나는 봄은
저마다 그 시간이 다르다.
나이아가라 둘레의 아이들은
그때 그들의 봄을 만지고 있었다.

복수(複數)의 봄을 나는 생각했지만
저마다의 사람에게
봄은 한 번뿐이다.

단 한 번의 순수를 위하여
진흙의 일부로 썩어가는 눈
자욱한 눈송이처럼 흩날리는
순정한 목숨

사흘 뒤
딸에게서 편지가 왔다.
백목련 꽃잎 하나가 들어 있었다.

고분 발굴

파헤쳐보면
이미 감성의 풀뿌리 하나 없이
알맞게 썩은 너의 기능미와
어두운 밤바다의
그 숨막히는
희박이 있을 뿐이다.

시간의 썰물이 물러난 갯벌에서
내가 집어든
너의 고독했던 푸시케
한 쌍의 금동 귀고리
그것이 애잔히 내뿜는
휘발성 가을 풀벌레 소리
네 개성의 자욱한 방사능뿐이다.

아, 알맞게 산화한 무문토기
히이야(兄),
미, 안, 하, 다……
혼신으로 부르던

네 마지막 목소리같이
희박하게
희박하게
아직도 지상의 노을에 젖어 있구나.

—경(京)아!

나는 몇 번
내 심상의 무덤을 파헤쳤는지 모른다.

상처

잡목림 마른 풀섶을 헤치며 모습을 드러낸 늙은 엽사는 흰 눈가루를 털며 말했다.

—상처 입은 사슴이 가장 높이 뛴다.

밤새 모국어의 가시에 상처 입은 나는 흰 눈 위에 핏자국을 남긴 사슴의 최후의 점프를 생각하며 걸었다. 바다처럼 번득이는 언어의 슬픈 물빛을 찾아 지팡이를 짚고 걸었다. 아린 혼의 무게를 부드럽게 짚어주는 은빛 지팡이. 피는 붉은 것만은 아니다. 피는 울음처럼 맑을 수 있다. 흰 꽃잎이 눈송이처럼 무너지고 있는 눈부신 길을 걷는 나는 나의 상처다.

눈의 발생

바깥을 보겠다는 의지가
뇌신경 세포 단말을
눈으로 만들었다.

신경생물학자의
최신 리포트를 읽었다.
지난해 *Nature*다.

그러나
한 시인은 말했다.
보아야 할
사랑의 대상이 밖에 있기 때문에
눈이 생겨났다.

캄캄한 시야
보일 듯 말 듯한
희미한 빛을 잡으려
수장돌기를 뻗어
방향을 잡고
깊이를 만들어가는
신경세포의 황홀한 전신

망막의 층계를 만들어가는
애처로운 몸부림.

빛에 대한
아득한 목마름.

수평선에 부서지는 갈맷빛 햇살을
거리에 내리는 연보랏빛 으스름을
갈밭을 건너는 노을 묻은 바람을
밤하늘에 떨고 있는 먼 별빛을
나를 쳐다보는 눈동자의 심연을
감은 눈시울이 감추고 있는 격렬한 통곡을
가시 철조망 너머로 바라보는 먼 산하를

보고 싶다.

무구한 사랑으로
안고 싶다.
불지르고 싶다.

뜨거운 사랑의 시선이 머물렀던
바깥은
달려와서 나의 내부가 된다.
품안에서
부드럽게 풀리는.

나는 알고 있다

의지와 사랑이 하나인 것을,
빛과 그늘이
하나인 것처럼.

나는 보았다
의지와 사랑의
황홀한 포옹을.

푸른 하늘의 높이를 비치는
바다의 깊이를
하늘과 하나가 되려는
아득한 수평선의 설렘.

목숨의 함정

뼈가 강바닥에서 헤엄치는 것을 보았다
머리뼈와 척추골과 갈비뼈만으로
서로 밀치락거리며
멀고먼 시간의 물이랑을 거슬러온 연어들
분홍빛 진주알 위에
뿌연 연기 같은 정액을 뿌리고
자갈 바닥 위에 쓰러지는 최후의 몸부림
북태평양의 물내를
아득한 별빛보다 먼길을
물의 이불은
조용히 덮는다

돌아오라! 돌아오라!
사랑도 적의도 없는
이곳으로 돌아오라
시간의 감옥을 벗어나는
목숨의 자유
풍경에 대한 그리움
노을빛 그리움만으로
돌바닥에 살을 찧는
순결한 몸놀림

아름답다
사라지는 것은 아름답다

시에서 언어가 떠난 뒤의 빈 숲은
아름답다

산의 모습은
노을이 부서지는
엷은 물의 주름이 되어
천천히 하류로 흘러갔다

털실 뭉치의 지구

눈이 내리는
길 건너 문방구 가게의 진열장에는
언제나 두 개의 지구본이 있었다.
눈이 내리는
하트포드의 중심가에서
버스를 기다리며
나는 어릴 때 바라보았던
일식의 그림을 생각했다.
우주의 무한한 공간에 뻗친
스스로의 그늘
눈부신 백열이 거느리는
그늘의 농도.
나는 캄캄한 하늘이 만들어내는
눈송이의 조용한 낙하에
오랜만에 몸을 맡겼다.
그날 저녁이었다.
지구는 생각하는 사람들을
서로 이어주는 선분으로 엮어진
털실 뭉치 같다는
지구의 저편에서 찾아온 딸의
편지를 받았던 것은.

한 닢의 낙엽을 위하여

굴대도 없이 스스로 자기 몸무게를 돌리고 있는 사과처럼 푸른 지구. 몸을 추스를 때마다 갈맷빛 바다가 출렁인다. 가느다란 두 팔을 수직으로 쳐들고 발끝으로 물빛 돌개바람이 되는 얼음 위의 무희. 허리를 가리는 스커트 그늘에서 겨울새 깃 소리가 하늘 높이 날아오른다. 투명한 원심력처럼 보이던 그것은 낙엽이었다.

외로움을 탄 신이 손바닥으로 지구본을 돌리고 있다. 장판 빛 윤기가 나는 지구본 위에서 한 팔을 이마에 얹고 식물처럼 잠들었다. 그때 짙은 쑥색 코트를 입은 한 딸애가 가슴속에서 봄을 기르면서 낙엽 깔린 먼 나라 바람 부는 거리를 걷고 있었다. 눈부신 날짜변경선 아득한 저편에서 선홍색 코트를 입은 다른 딸애 하나가 머리칼에 황갈색 낙엽 한 닢 묻힌 채 아침노을을 목에 감고 치자 빛 들길을 걷고 있었다.

한 닢의 낙엽을 위하여 지구는 캄캄한 하늘을 돌고 있다. 갈릴레오 갈릴레이씨여.

구름의 세발자전거

마지막 한 층 계단을 그는 올라갔다. 옥상에 이른 그는 눈부신 하늘까지 펼쳐져 있는 지붕 끝을 풀밭처럼 바라보았다. 흔들리고 있는 고층 아파트 지붕 모서리 쪽으로 그는 성큼성큼 걸어갔다. 그곳에서 하늘은 구겨져 있었다. 첫발이 허공을 밟았을 때 그는 어릴 적 밟던 세발자전거 페달을 밟기 시작했다. 아득한 하늘빛 추억 속에서 그는 발놀림을 계속했다. 자전거는 하늘 높이 솟구쳐올랐다. 그 순간 멀리 바다가 빛나고 있는 것이 거꾸로 보였다.

흐트러진 덩굴장미 곁에서 제복 입은 사람이 줄자로 거리를 재고 비어 있는 그의 윤곽을 그렸다. 대문이 뒤로 열리는 흰색 차 안으로 그는 모래 포대 말없는 무게처럼 들어갔다. 그가 탔던 세발자전거가 보이지 않았다. 최후로 그가 보았던 눈부신 바다 쪽으로 새털구름처럼 굴러간 것이다.

한 가장이 탔던 세발자전거는 삐걱삐걱 옮은 소리를 흘리며 새가 몸무게를 바람에 싣는 것처럼 우울한 도시를 지나 낯선 숲을 지나 적막한 자신의 무게로 부드러운 양이 몇 마리 헤매고 있는 아득한 하늘 언저리를 구르고 있다.

잃어버린 바다

아침노을에 젖은 바다 기슭에 아랫도리가 눈부신 인어의 주검이 떠올랐다. 누군가 동구 앞 팽나무 아래에 못된 짓을 해서 그렇다느니 마을 건너 원자력 발전소가 들어서서 그렇다느니 갑론을박 삿대질은 억센 사투리처럼 계속되었으나 아무도 인어가 살고 있는 쪽빛 바다가 멀지 않은 곳에서 물이랑 치고 있는 것을 기억하지 못했다. 아무도 자기가 한 마리 돌고래의 모습으로 인어와 함께 헤엄치고 있었던 고대의 바다에 이르는 비탈길을 기억하지 못했다. 비탈길 가에서 돌들이 고함소리를 지르고 있었지만. 백만 년에 한 번씩 비보라를 타고 짝을 찾아 인어가 사람의 땅에 내려온다는 이야기를 기억하지 못했다.

지금도 살아 있는 인어떼가 아득한 별자리 사이를 고래처럼 무리 지어 유유히 헤엄치고 있는 눈부신 바다가 하늘에서 빛나고 있다. 천문도에 올라 있지 않는 캄캄한 바다.

손

다방에서
그 의수(義手)의 사나이를 보았다.

그 갈고랭이는
슬픈 빛을 머금고 있는 금속이 아니라
따뜻한 그의 손이었다.

내가 펜을 쥐었을 때
그 합성수지의 무게는
이미 내 손의 부분이었지만
내가 그 펜을 놓았을 때
그것은 벌써 적막한 도구다.

나의 손은 나의 일부이면서
나의 손은 나의 쓸쓸한 도구다.

그것은 돌과 같은 질량을 가지고
그것은 돌과 같은 부피를 가지고

나의 손은
내가 포옹하고 있는 풍경보다도
더 나에게 밀착해 있다.

나는 손으로 돌을 잡았다.

나는 그 돌을 던졌다.
그때 나의 눈을 찌른 것은
겨울 하늘이었지만
나의 손은 바로
내 자신이 아니다.

절단된
그의 손은 벌써
그의 몸의 한 부분이 아니다.
그것은 한 갑의 켄트를 내어밀던
그의 쇠갈고리보다도 더욱
그가 아니다.

그것은 배를 딴 생고기같이
벌써 다른 목소리를 가진
저대로의 무게이다.

심연의 호주머니에서
불쑥 내어밀던 그의 손은
외로운 물질같이
그의 손목 끝에서 기능하고 있다.

문학동네포에지 072

비는 수직으로 서서 죽는다

초판 인쇄 2023년 8월 8일
초판 발행 2023년 8월 18일

지은이 — 허만하
책임편집 — 김민정
편집 — 유성원 김동휘 권현승 유정서
표지 디자인 — 이기준 강혜림
본문 디자인 — 최미영
마케팅 — 정민호 박치우 한민아 이민경 박진희 정경주 정유선 김수인
브랜딩 — 함유지 함근아 박민재 김희숙 고보미 정승민 배진성
제작 — 강신은 김동욱 이순호
제작처 — 영신사

펴낸곳 — (주)문학동네
펴낸이 — 김소영
출판등록 — 1993년 10월 22일 제2003-000045호
주소 — 10881 경기도 파주시 회동길 210
전자우편 — editor@munhak.com
대표전화 — 031-955-8888 / 팩스 — 031-955-8855
문의전화 — 031-955-2689(마케팅), 031-955-8865(편집)
문학동네카페 — http://cafe.naver.com/mhdn
인스타그램 — @munhakdongne / 트위터 — @munhakdongne
북클럽문학동네 — http://bookclubmunhak.com

ISBN 978-89-546-9372-1 03810

www.munhak.com

문학동네